Título original en catalán: **El sultà i els ratolins**

© del texto	Joan de Boer 2005
© de las ilustraciones	Txell Darné 2005
© de la traducción	Pilar Ferriz 2005
© de esta edición	OQO editora 2005

Alemaña 72	36162 PONTEVEDRA
Tel. 986 109 270	Fax 986 109 356
OQO@OQO.es	www.OQO.es

Diseño	Oqomania

Primera edición	noviembre 2005
ISBN	84.96573.05.2
DL	PO.477.05

El sultán y los ratones

Joan de Boer,
a partir de un cuento popular árabe

Ilustraciones de
Txell Darné

OQO EDITORA

Había una vez,
hace muchos muchos años,
allá por tierras de Oriente,
un sultán muy poderoso.

Tenía un montón de palacios,
cientos de ejércitos,
soldados a millares, y oro...
¡como para hacer una montaña!

Pero al sultán
lo que más le gustaba
era el **queso**.

Tenía habitaciones llenas
de quesos de todas partes.

Y, claro, enseguida llegaron
todos los **ratones** del país
dispuestos a comérselos.

Un día,
el sultán encontró
uno de aquellos animalitos
dentro del queso
que se estaba comiendo;
y se enfadó tanto que
amenazó a sus consejeros
con cortarles la cabeza
si no echaban
a todos aquellos ratones.

Los consejeros, desesperados,
estuvieron todo el día y toda la noche
piensa que pensarás,
hasta que encontraron la solución:

¡llenar el palacio de **gatos**!

Dicho y hecho.
Trajeron tantos gatos que los ratones,
cuando los vieron, huyeron,
pies para que os quiero,
hacia la Conchinchina.

El sultán se quedó contento,
pero su alegría no duró mucho:
los gatos se encontraban tan bien en palacio
que no querían marcharse.

No paraban de correr, arriba y abajo;
¡incluso arañaban la cara del sultán!

Y el sultán ordenó a sus consejeros
que buscaran la manera de echarlos.

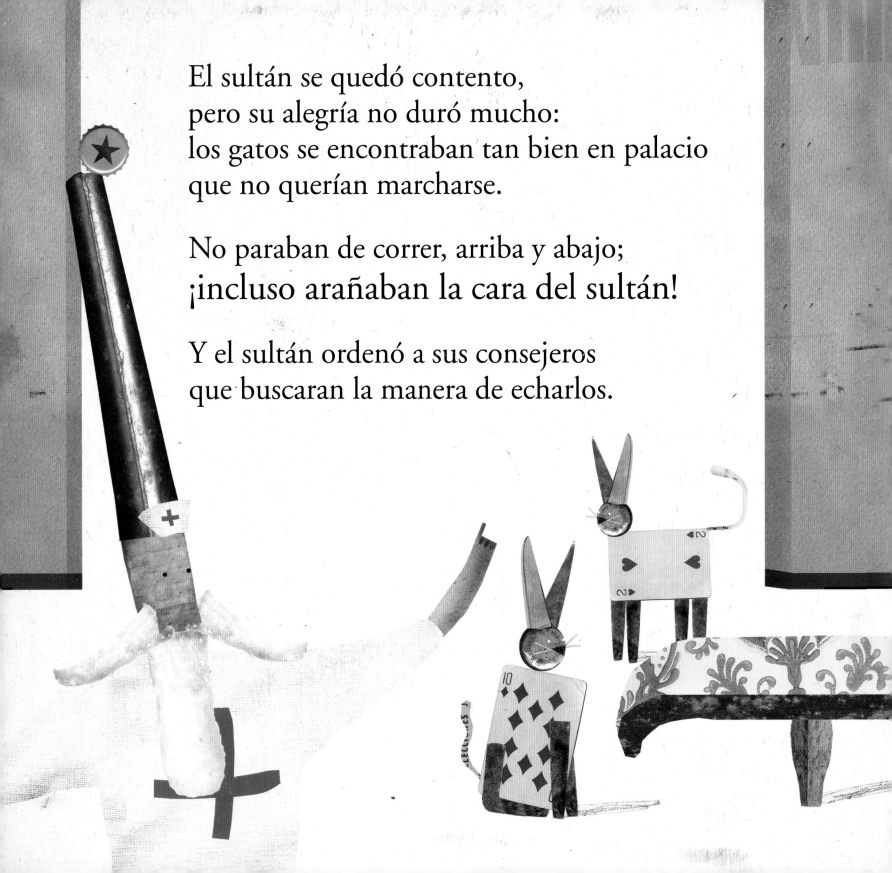

Los consejeros, desesperados,
estuvieron todo el día y toda la noche
piensa que pensarás
hasta que encontraron la solución:

¡llenar el palacio de **perros**!

Dicho y hecho.
Trajeron tantos perros
que los gatos, cuando los vieron,
huyeron, pies para que os quiero,
hacia la Conchinchina.

El sultán estaba muy contento,
pero su alegría duró poco:
los perros se encontraban tan bien en palacio
que no querían salir.

Se pasaban el día
mordiendo a todo el mundo; y lo peor:
¡hacían pis y caca por todos los rincones!

El sultán pensó
que tal cosa no se había visto en la vida,
y ordenó a sus consejeros
que buscaran la manera de echar
a todos aquellos perros.

Los consejeros, desesperados,
estuvieron todo el día y toda la noche
piensa que pensarás,
hasta que encontraron la solución:

¡llenar el palacio de **leones**!

Dicho y hecho.
Trajeron tantos leones
que los perros, cuando los vieron,
huyeron, pies para que os quiero,
hacia la Conchinchina.

El sultán se sentía feliz, rodeado de fieras;
pero su alegría apenas duró:
los leones eran tan feroces que la gente se hacía pipí
¡sólo con oírlos rugir!

Otra vez, el sultán mandó a sus consejeros
que écharan a todos aquellos leones.

Los consejeros, desesperados,
estuvieron todo el día y toda la noche
piensa que pensarás,
hasta que encontraron la solución:

¡llenar el palacio de **elefantes**!

Dicho y hecho.
Trajeron tantos elefantes
que los leones, cuando los vieron,
huyeron, pies para que os quiero,
hacia la Conchinchina.

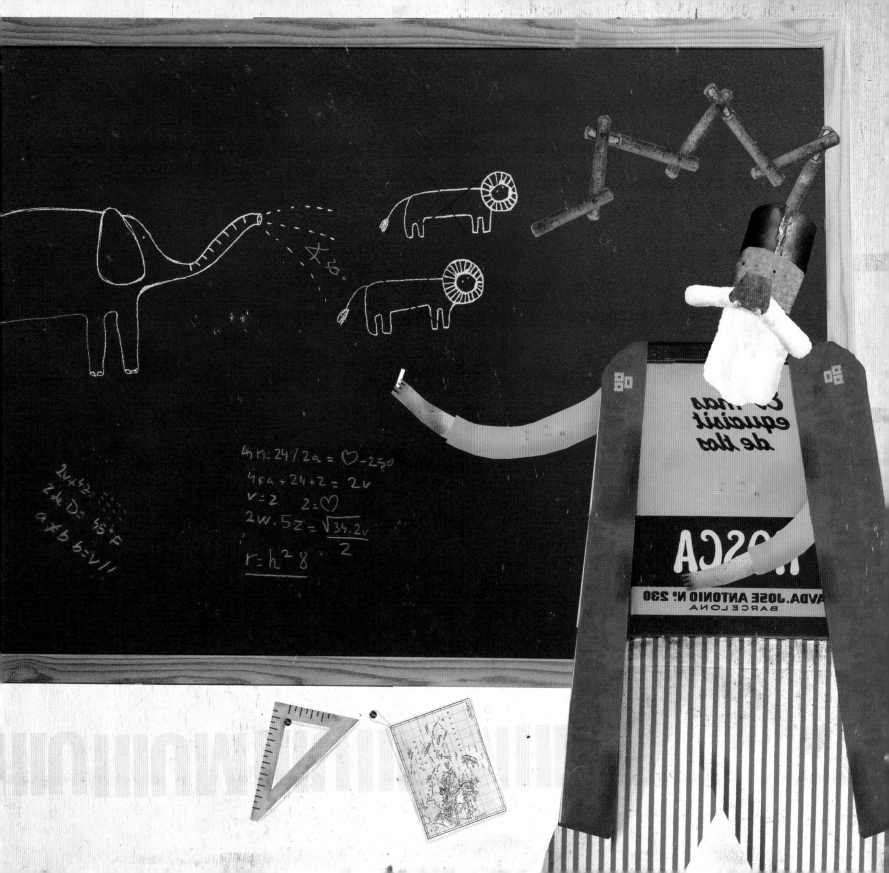

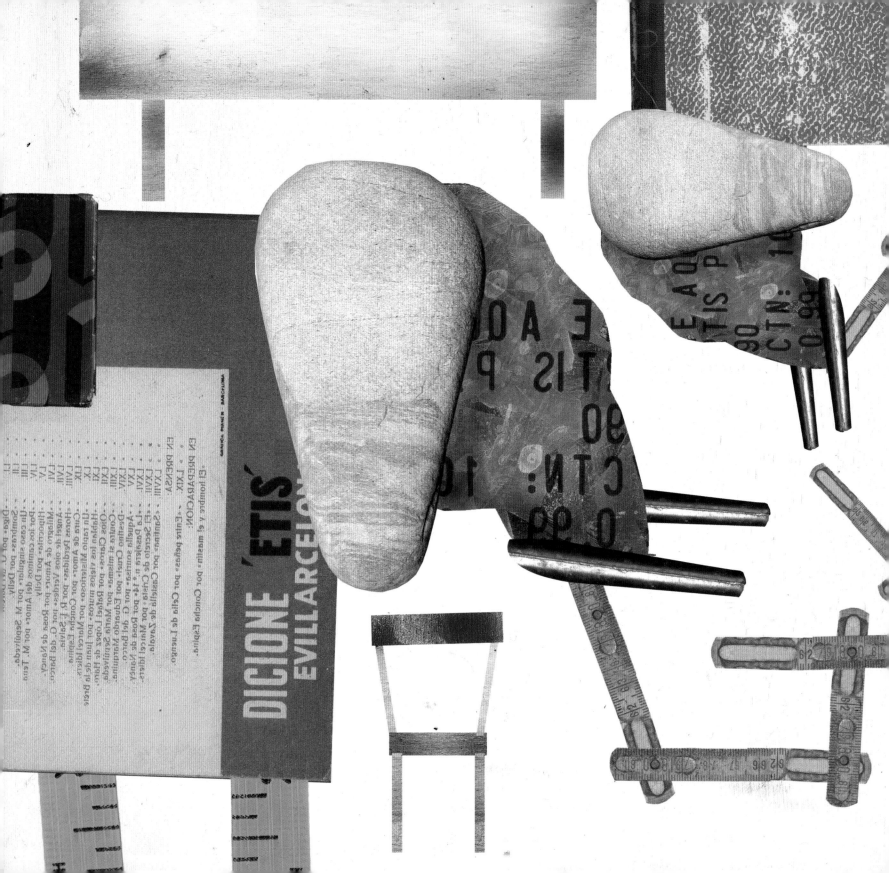

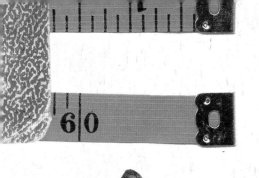

Esta vez la alegría del sultán no duró un minuto:
los elefantes eran tan gordos
que dentro del palacio
¡no cabía ni una aguja!

Rápidamente ordenó a sus consejeros
que echaran a todos aquellos elefantes.

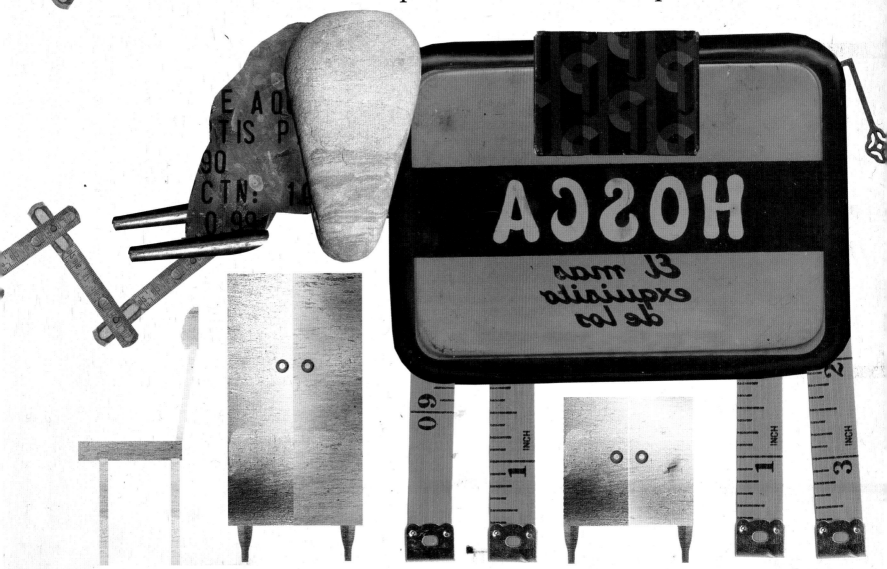

Los consejeros, pobrecitos, ya no sabían qué hacer.

Estuvieron todo el día y toda la noche
piensa que pensarás,
hasta que un niño les dijo
lo que todo el mundo sabe:

¡Que los elefantes tienen mucho miedo de los ratones!

Como en aquel palacio
eran un poco zoquetes,
otra vez mandaron traer
a los **ratones**.

Pero los **ratones** volvieron a comerse el **queso**;
y para echar a los ratones, tuvieron que traer a los **gatos**;
y para echar a los gatos, traer a los **perros**;

y para echar a los perros, traer a los **leones**;
y para echar a los leones, traer a los **elefantes**;
y para echar a los elefantes, traer a los **ratones**…

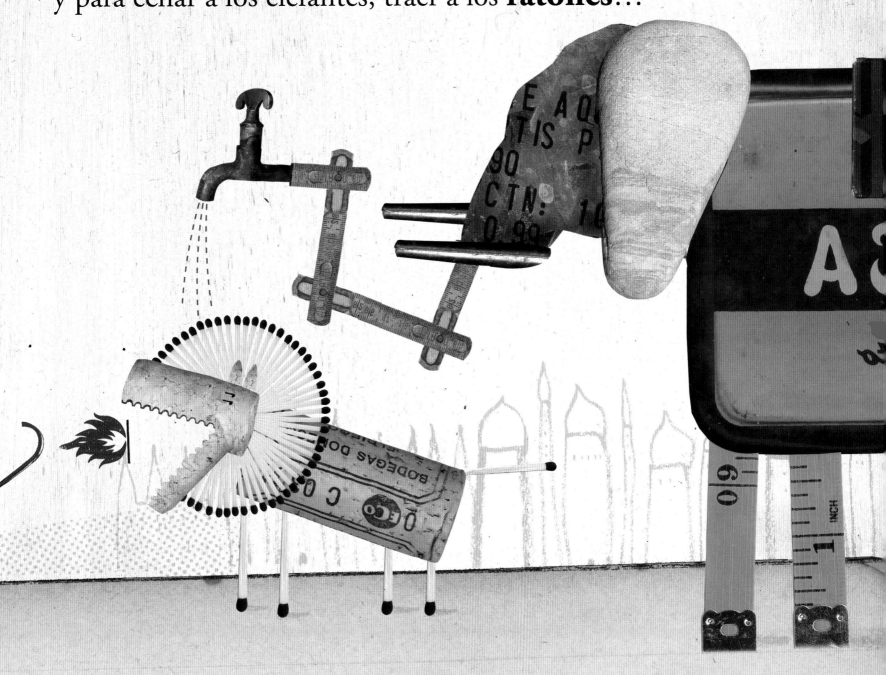

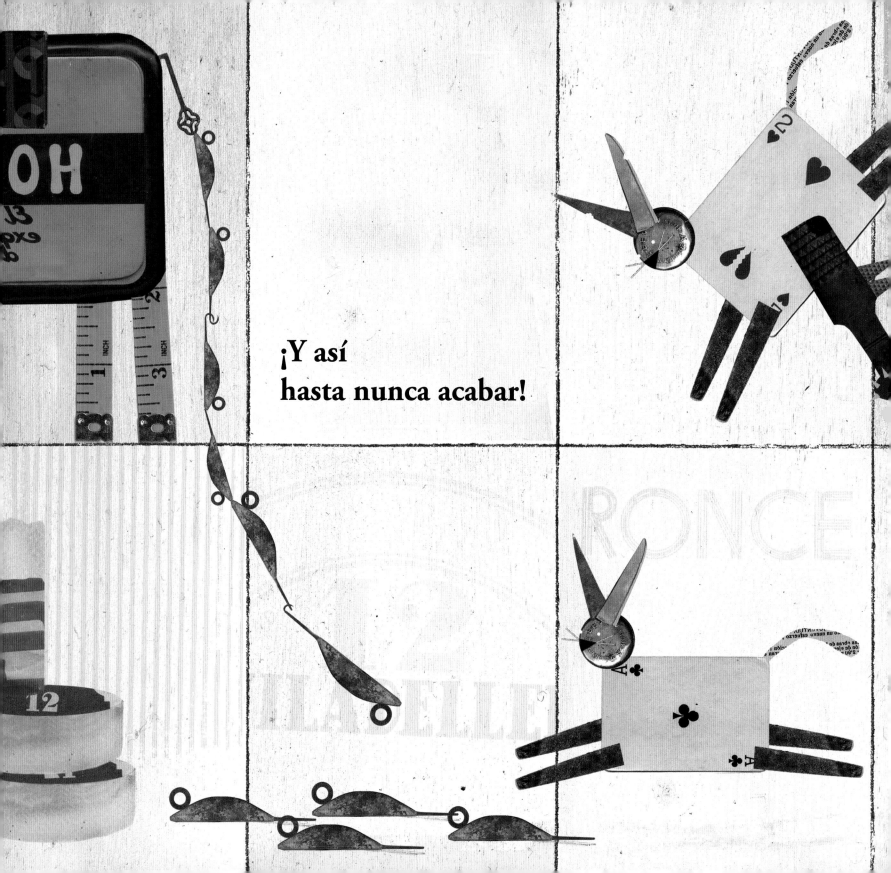

¡Y así
hasta nunca acabar!

Aún hoy,
quien se acerque al palacio del sultán,
podrá ver cómo todos esos animales
entran y salen sin parar.

Y quien no lo pueda creer,
que lo vaya a ver.